AF240183

UN MOT

AUX HONNÊTES GENS

DE TOUS LES PARTIS;

PAR M. DE BRUNET DE LA RENOUDIÈRE,

Ancien Officier au Corps royal d'État-Major.

RENNES.

IMPRIMERIE D'AMB. JAUSIONS, RUE DE BORDEAUX.

1846.

A Dieu ne plaise que j'incrimine ici un seul de mes concitoyens. Ma plume n'est trempée ni dans le fiel ni dans la boue.
Rejeté de la lice à l'heure où je répandais avec joie sur mes
membres l'huile sacrée pour fournir la carrière, j'ai long-temps
déploré un avenir perdu, une existence manquée; mais les an-
goisses n'ont excité dans mon cœur ni le dépit ni la haine.
Quelle que soit la route suivie, quel est celui qui n'a pas pour
but le bonheur et la gloire de la patrie, de cette mère commune, qui nous donne le berceau et la tombe? Paix et amitié
à tous !

UN MOT AUX HONNÊTES GENS

DE TOUS LES PARTIS.

Aucun vice du cœur humain n'a mêlé plus
de poisons, aiguisé plus de poignards que
l'impitoyable ambition d'une fortune sans
mesure.

(Traduct. de Juvénal, quatorzième satire.)

Deux principes, le pouvoir et la liberté, dominent tout le
passé de l'histoire par leurs luttes continuelles. L'un et l'autre
ont pris naissance avec l'humanité : là est le nœud du fait et
du droit; là est toute la vie, toute la palingénésie des sociétés,
quelle que soit leur forme. Les hommes dont le nom s'écrit,
pontifes, législateurs ou conquérants, ne sont que des personn-
alités, des types représentatifs de ces deux idées. A Athènes,
le pouvoir s'arme du bras des Pisistratides, et la liberté, du
poignard d'Armodius et d'Aristogiton. A Rome, le patriciat
par ses Claudius et ses Sylla; le tribunat, par ses Brutus, ses
Gracques et ses Marius, sont les figures les plus expressives de
ces deux antagonistes : patriciens et plébéiens, athlètes vigou-
reux se tenant à bras le corps, tour à tour vainqueurs et vaincus, debout et renversés, recommençant chaque jour le com-
bat avec plus d'acharnement, et puisant dans la lutte même de
nouvelles forces, une nouvelle vigueur, et non seulement
dans chaque état particulier les citoyens sont distribués sous les
deux bannières, mais les états entr'eux combattent pour le
triomphe de l'une ou l'autre idée. Ceux qui sacrifient tout
pour leur liberté propre, ambitionnent pour leur patrie la
prééminence, la prépondérance, c'est-à-dire qu'ils veulent
être patriciens dans la grande famille des peuples; et sans re-

monter aux rivalités antiques de Sparte et d'Athènes, nous trouvons dans le XVII.° siècle la lutte de Louis XIV et de Guillaume, prince d'Orange, le premier voulant imposer sa monarchie universelle, le second défendant la liberté et l'indépendance extérieure des États.

Le squelette de toutes les histoires passées, présentes et futures, est le même; reste au temps, au climat et aux mœurs à varier les muscles, les nerfs, les chairs et la carnation.

Le pouvoir et la liberté ont cependant quelques traits de ressemblance. Tous deux sont immodérés et intempérants; le triomphe de l'un est le signal du martyre de l'autre; le faste, l'orgueil et la licence du vainqueur sont au comble; il presse du pied la gorge de son ennemi terrassé, et le pousse au désespoir. Des âmes candides ont cherché à associer les deux rivaux, à les loger sous le même toit; mais ce mariage a jusqu'à ce jour été forcé; l'antipathie est telle que le divorce s'est bientôt fait, et que chacun des conjoints a emporté tout ce qu'il a pu des apports de l'autre dans la communauté momentanée.

C'est plaisir d'entendre en France certains politiques parler de l'accord du pouvoir et de la liberté dans ce qu'ils appellent le gouvernement constitutionnel et représentatif. Comme les mots sont bien choisis, et qu'il a fallu de temps pour les trouver! Ne dirait-on pas qu'avant la découverte immense de cette phraséologie, les peuples n'étaient qu'un rassemblement informe et grossier, vivant sous le fouet d'un maître, ou abandonné sans frein à toute sa licence? Tous les législateurs anciens riraient bien d'un pareil langage, eux qui, après avoir étudié le génie particulier de leur nation, établirent des constitutions si fortes, qu'elles ont duré une longue suite de siècles! N'avait-elle donc pas de constitution, cette Europe du moyen-âge, avec son clergé civilisateur, sa noblesse bardée de fer, et ses artisans groupés en corporations unies et compactes! quelle belle pyramide montrant à son sommet la monarchie avec le glaive des batailles, et à sa base le laboureur qui défriche le sol!

Jamais aucun peuple n'a vécu, n'a pu vivre sans constitution. Elle n'a pas toujours été écrite, mais là où elle n'était pas renfermée dans les caractères d'un alphabet, elle était burinée dans les mœurs, et ce livre en vaut bien un autre; car les lois sont filles des habitudes, et les mœurs sont le véritable, le seul palladium d'une nation. C'est le socle sur lequel elle s'élève droit et ferme, tant qu'on l'y laisse vivre. Si on l'en détache, ce n'est plus même la tour penchée de Pise, qui résiste à l'entraînement de sa pente; c'est un édifice qui fait entendre un long craquement, qui croule et couvre un grand espace de ses débris.

Les constitutions, disent quelques-uns, n'ont pas manqué aux peuples, mais elles ont été foulées aux pieds par ceux mêmes qui étaient chargés de les maintenir. Ces faits, quand ils ont été vrais, n'ont été que des accidents, pendant lesquels il n'y avait qu'anarchie et confusion, et la durée même de ces peuples prouve que ces maladies étaient passagères, car un corps toujours en convulsion, se dissout bientôt et meurt. On portait au contraire si loin, dans l'antiquité, l'amour pour les lois fondamentales, que les plus grandes précautions étaient prises pour qu'il n'y fût apporté aucun changement intempestif et inconsidéré. A Thurium, celui qui proposait une modification, se présentait dans l'assemblée la corde au cou, et si elle n'était pas adoptée, il était étranglé sur-le-champ. La mort de Charondas est le plus bel exemple que l'on puisse offrir du respect pour la constitution. Ce législateur revenant de poursuivre des voleurs, et trouvant la ville en tumulte, entra tout armé dans l'assemblée, ce qu'il avait défendu par une loi expresse. « Vous violez la loi », lui dit un citoyen. « Non, répondit-il, je la scelle de mon sang ». Et il se tue de son épée.

Le mot représentatif appliqué à notre gouvernement n'est pas moins vide de sens. Y a-t-il aujourd'hui en France parmi ceux qui légifèrent, gouvernent et administrent, je ne dirai pas une véritable représentation, mais un simulacre de représentation de nos mœurs, de notre caractère, de nos opinions, de nos intérêts moraux et matériels? Toute société étant composée d'hommes imparfaits, chez qui la pente au mal est irrésistible, il lui faut un régulateur; et comme le dit très-bien Tocqueville dans sa Démocratie en Amérique, un gouvernement est un mal nécessaire, mais ce gouvernement doit être l'expression nette de la société et la représenter en pied. Nous ne faisons rien de nouveau; il n'est pas une seule forme politique qui n'ait été essayée, pratiquée, usée. Toutes les formes sont providentielles et divines, mais il faut les avouer, et ne point les envelopper de fourberie et de mensonge. Xerxès était maître absolu : il ne trompait personne quand il donnait des coups de fouet à ses soldats pour leur faire passer son pont de bateaux; à Athènes, à Sparte, à Rome, ces trois grands foyers de la démocratie, le peuple était tout et la place publique souveraine. De nos jours, dans les États de l'union Américaine, les lois ne soint point votées dans le forum, mais tous sans exception concourent à nommer des délégués qui les font, et cette délégation n'est point une

fiction, elle est véritablement un terme moyen entre la sou-
veraineté de tous et le pouvoir d'un seul.

Quand tous concourent, soit par eux-mêmes, soit par re-
présentants nommés par tous, à la confection des lois, ces
lois, quelque despotiques qu'elles soient, sont respectées et
observées par les minorités elles-mêmes. Dans le Code de
Massachusetts, une loi prohibe l'usage du tabac; et en 1649,
à Boston, on défendit le luxe mondain des longs cheveux.
Certes, de pareilles ordonnances ou d'autres de même nature
eussent soulevé toute la nation, si elles avaient été faites par
une partie minime des citoyens.

Comment se meut notre société? Ne ressemble-t-elle pas
à une barque que son pilote et ses marins, occupés dans la
cantine à vider les futailles, laissent s'engager dans une eau
fangeuse et croupissante? La commune, cette unité élémen-
taire de la force sociale, est emmaillottée comme un nouveau-
né. On la traite à l'instar d'une larve informe, qui ne peut
pas même devenir insecte parfait; tous ses mouvements sont
gênés, et les liens qui la garottent sont de fer et si bien rivés,
qu'elle ne peut se dégager. Le Maire est un être amphibie, un
Janus, un hermaphrodite; elle ne le crée qu'à demi, il ne lui
appartient point. Greffe entée sur deux arbres d'espèce diffé-
rente, il ne produit pas même un fruit abâtardi; la sève de
l'un repousse la sève de l'autre, et sa vie est réduite à la
honte de l'impuissance. Comment son conseil lui viendrait-il
en aide? les limites de sa sphère d'action sont si étroites, qu'il n'a
le plus souvent de volonté que pour faire la carte du banquet à
donner aux altesses princières, et de langage que pour discuter les expressions plus ou moins serviles à leur adresser.
Le gouvernement et l'administration se font sentir en tout,
on ne peut faire un pas sans les apercevoir; ce sont des
rouages dont on voit toujours les moteurs. Il n'y a en France
que des administrés, il n'y a pas de citoyens.

Si le temple où l'on prie croule, si l'instituteur n'est pas logé,
si les chemins sont impraticables, la commune donne son argent; mais cette tribu qui naît et meurt autour du même clo-
cher, qui sue chaque jour sang et eau pour retourner le sol,
ne peut pas orienter son église et son école à sa guise, et
quand un malheureux s'en va tout écloppé raconter au tuteur
qui tient en main sa lisière, qu'il s'est brisé les membres et
que ses meilleurs chevaux ont été tués dans les ornières de son
village, on lui répond que l'on prend part à son malheur, et que
l'on fera des réparations à la route malencontreuse..... l'année
prochaine. O bienheureuses abeilles, que votre sort est meil-

leur! Vous n'allez point chercher un architecte étranger pour bâtir vos alvéoles hexagones et les rues de vos ruches, et vous immolez aussitôt l'insecte parasite qui s'introduit dans vos riches demeures pour jouir du fruit de vos travaux.

Et qu'on n'accuse pas mon pinceau d'être trop chargé, mes couleurs d'être trop fortes : les attributions des maires, la loi le dit formellement, n'existent que sous l'autorité et la surveillance de l'administration supérieure. Ils ne peuvent même prendre des arrêtés définitifs sur les objets confiés par les lois à leur vigilance; le préfet a le droit d'annuler ces arrêtés et d'en suspendre l'exécution. Il peut plus encore, il peut les suspendre eux-mêmes et le roi les révoquer. Logiquement la puissance qui crée peut détruire son œuvre, si cette œuvre ne remplit pas à son gré le cadre qu'elle s'est proposé; mais le maire ne doit-il pas à l'élection la moitié de sa magistrature: pourquoi donc cette élection n'est-elle pas consultée? pourquoi les conseils municipaux, qui ne doivent leur existence qu'au scrutin, peuvent-ils cesser de vivre autrement que par le scrutin même? pourquoi cette aristocratie de talents et de vertus élue librement ne peut-elle prendre de délibérations qui ne puissent être annulées, et ne peut-elle se réunir, quand un intérêt pressant l'exige, sans une autorisation étrangère? pourquoi des pères de famille qui dirigent leur patrimoine avec ordre et économie, des négociants, des notaires, des banquiers chargés de la fortune publique, sont-ils jugés incapables de régler les budgets communaux, d'apurer les comptes? pourquoi enfin les municipalités ne nomment-elles point leurs receveurs, puisqu'elles sont obligées de les payer?

Toutes ces anomalies sont patentes et pourtant légales. Aussi en est-il beaucoup qui briguent une magistrature, dont les fonctions se bornent à émettre des vœux, hélas! trop souvent aussi stériles que les souhaits du nouvel an. Non, il faut prier, solliciter à deux genoux l'homme de bien, et lui jeter pour ainsi dire de force le fardeau sur les épaules. Dans la commune ou curie gauloise, tout curiale était appelé à prendre part à l'administration de la cité; il n'y avait ni privilége de naissance, ni limite de nombre; la curie n'était pas un conseil municipal restreint et choisi, et ceux qui en faisaient partie élisaient tous les magistrats sans exception. Les empereurs romains en laissant cette organisation intacte avaient réduit les curiales à l'impuissance en leur imposant des charges si lourdes, qu'ils cherchaient par mille moyens à sortir de la curie. Nos communes sont loin d'avoir les priviléges gaulois; toutefois le gouvernement en éloignant d'elles la force et la vie réelles, a atteint le même but que les empereurs romains : nous rougissons de remplir un rôle tout passif.

Les conseils d'arrondissement et les conseils généraux ne sont pas mieux traités que les conseils communaux. Les uns et les autres tiennent leur mandat des électeurs et des citoyens portés sur la liste du jury, et les conditions d'éligibilité sont telles, que l'on peut présumer que les choix tombent sur des hommes probes, éclairés et intéressés au bien général. Toutefois ils ne peuvent se réunir que s'ils ont été convoqués par le préfet en vertu d'une ordonnance royale qui détermine l'époque et la durée de la session. La session est ouverte au nom du roi, qui seul peut prononcer la dissolution des conseils, et les délibérations sont soumises à l'approbation du roi, du ministre compétent ou du préfet, selon les cas déterminés par les lois ou par les réglements d'administration publique. Délibérer et donner leur avis, voilà la mission qu'ont à remplir les hommes d'élite de nos départements. Il arrive ensuite ce qui plaît à l'autorité supérieure; comme aucun lien ne rattache hors de la session les conseillers les uns aux autres, et qu'ils ne forment point entre eux un corps entier, compact, ayant sa volonté, sa vie, ses forces actives et coërcitives, dès qu'ils sont rentrés dans leurs foyers, ils ne s'inquiètent plus des pensées vraiment libérales et philantropiques qu'ils ont émises, et perdent jusqu'au souvenir des questions qu'on leur a posées.

La loi électorale, celles sur le jury, l'instruction publique, la garde nationale ne sont pas moins incohérentes et étrangères au principe qui nous régit. Je le dis dans un sens très-large, sans avoir la prétention de discuter ici les mérites ou les vices de telle ou telle forme de gouvernement, et de donner mes idées comme des remèdes et des palliatifs. Je l'ai dit plus haut, tous les gouvernements sont de droit divin : la monarchie, l'aristocratie, l'oligarchie, la démocratie, avec leurs accidents divers, ont fait suivant le climat et le temps, le bonheur et la gloire de tous les peuples. L'histoire renferme la solution de tous les problêmes politiques, les essais de toutes les combinaisons. Point de système, point d'école qui ne se rattache à quelque autorité; mais il faut que les gouvernements soient vrais, que tout s'y coordonne, s'y déroule comme les anneaux d'une même chaîne, que la sève qui part du tronc s'étende jusques dans les moindres rameaux, en en mot, que le même suc engendre partout la même vie, le même tempérament. Le pire de tous est celui dont les faits sont un désacord avec son origine, qui hésite à proclamer sa marche et son but, et qui use sa vitalité entre un passé qu'il renie et un avenir qu'il n'ose avouer.

Qui que nous soyons, livrés à notre seule intelligence ou à de sérieuses études, nous avons tous notre école politique. Le xix.ᵉ siècle plus que tout autre est fécond en systèmes et en conceptions, mais plus que tout autre aussi il étudie les enseignements philosophiques de la raison humaine, suit le fil de la stricte et inexorable logique, et arrive jusqu'aux dernières conséquences, jusqu'aux derniers corollaires.

A certaines époques, tout corps social subit une transformation, que l'on ne peut appeler subite, car elle s'opère long-temps presqu'à l'insu de tous, et le jour où on la proclame n'est que le moment où elle prend un corps, se personifie, en un mot se fait homme. L'avènement carlovingien et l'avènement capétien ont été deux véritables transformations sociales, dont Pepin et Hugues ont été les figures, et les régimes qu'ils ont représentés se sont développés dans toute leur rigueur. Le roi demandait au comte Adalbert : Qui t'a fait comte? Adalbert répondait au roi, Qui t'a fait roi?

La France était-elle en 1830 arrivée à ce point où un germe long-temps réchauffé et développé dans son sein devait nécessairement enfanter une civilisation nouvelle? cela ne peut se soutenir, les peuples ne prennent pas, comme le Caméléon, la couleur des objets dont ils approchent, et leurs métamorphoses ne marchent pas avec la rapidité de la tempête, qui d'abord n'est qu'un point noir imperceptible, mais qui bientôt bouleverse tout l'horizon. Il faut des siècles à la chrysalide humaine pour se transformer, et le sol moral se compose comme le sol matériel, de couches successives qui ont besoin de profondeur pour produire des fruits qui ne soient point rachitiques. Interrogeons l'octogénaire, il nous dira qu'au printemps de sa vie un craquement épouvantable se fit entendre, et que le vieil édifice de nos pères, lézardé en mille endroits, s'affaissa et s'écroula. Alors nos institutions, nos lois, nos mœurs et nos usages avaient vieilli, alors était urgente une véritable révolution. Les notables l'apportèrent tout écrite dans leurs cahiers en 1789, et elle n'eût coûté ni sang ni larmes, si des esprits trop rétifs n'eussent refusé de la reconnaître et si des cœurs trop ardents n'eussent précipité la réalisation de leurs vœux. Les idées nouvelles dont le cours a été souvent arrêté ou détourné par ceux mêmes qui semblaient devoir mettre le plus d'ardeur à les développer, ont subi bien des phases diverses, et si aucun des pouvoirs qui se sont succédé depuis un demi-siècle n'a pu les régulariser ni les mettre en pratique, disons-le hautement, c'est qu'aucun d'eux n'a semblé les comprendre, et qu'après y avoir mêlé des éléments étrangers et contraires, on a voulu faire un corps avec des éléments qui se repoussent.

L'Empire en nous conduisant tambour battant dans toutes les capitales de l'Europe, nous donna tant de gloire, que la lecture de ses bulletins militaires nous fit oublier le but vers lequel nous marchions. La Restauration fut chargée de nous y ramener, mais on exigea d'elle ce qu'il lui était impossible de faire avec le gouvernail qu'on lui confia. Ses voiles composées d'oripeaux de toute couleur l'emportaient à tout vent. De quelque côté qu'elle fût poussée, elle trouvait un écueil et tombait en Scylla pour éviter Carybde. Comme il arrive toujours, lorsqu'une nation a été en proie à des convulsions diverses et qu'elle a successivement et en peu de temps subi plusieurs régimes, le sol était jonché de débris. A côté de ceux qui revenaient chargés des rides de l'exil étaient les vieilles gloires de la République, du Consulat et de l'Empire. Tous montraient leurs cicatrices et la bannière sous laquelle ils avaient combattu, et ils avaient raison de les montrer, car chaque bannière était belle, et tous, en recevant leurs blessures, avaient la foi qu'ils défendaient leur pays. La royauté incessamment harcelée, tiraillée en tout sens, manqua de force pour accomplir sa destinée; elle plia sous le faix, et on la jugea criminelle parce qu'elle fut impuissante. Que fallait-il cependant? laisser aux vieillards le temps de mourir et aux enfants celui de grandir. Les choses se seraient ensuite rangées d'elles-mêmes à leur place, et l'on n'eût point violé le principe fondamental de la monarchie, principe que l'on peut véritablement appeler divin, parce qu'il contient en lui seul tous les autres.

Parmi les hommes qui prirent part au mouvement de 1830, certes il y en eut d'un caractère élevé et d'un sens droit, qui voulurent franchement la solution du problème tel qu'il avait été posé quarante ans auparavant. Ceux qui avaient gémi pendant quinze années de voir la monarchie entraînée de vive force dans une route tortueuse et sans issue, et qui, par honneur, par devoir, par sentiment même, l'avaient défendue au péril de leur vie, purent croire un instant que la similitude et l'homogénéité allaient réunir tous les rapports sociaux, et espérer, quoique vaincus, faire entendre leur voix long-temps comprimée. L'illusion fut de courte durée, les ambitions prévalurent sur les principes et leurs conséquences. Les grandes idées, dont l'expression seule avait remué la multitude jusqu'aux entrailles, furent abandonnées comme un bagage lourd et inutile, et tout se rapetissa aux minces proportions d'une révolution de palais, du triomphe de l'intérêt privé et d'un tour de roue de la fortune, qui jette en bas ceux qui sont en haut, et fait monter ceux qui sont en bas; exemple triste et dangereux, qui dégrade une nation et salit son histoire.

Rendons à César ce qui est à César. Une des principales causes de la déviation des faits, c'est que le pouvoir est tombé entre les mains des monopoleurs d'argent, et que ces hommes qui ont passé leur vie dans un fauteuil de cuir à escompter des billets, ont de toute nécessité, par éducation, par tempérament même, des idées étroites, mesquines, égoïstes. Que leur importe l'histoire, les mœurs et les croyances d'une nation! Toute leur science consiste à faire des additions et des reports, et leur horison ne dépasse pas les limites d'un marché à terme. Cette classe d'hommes inconnue de l'antiquité, et que les Juifs ont créée dans le moyen-âge, a tout envahi, et parce qu'elle est habile à combiner les statuts d'une société anonyme ou en commandite, elle s'est crue capable de nous donner des lois. Les Rotschild sont aujourd'hui les rois de l'Europe. Quand l'argent, dont la puissance est essentiellement corruptrice, impose ses conditions aux gouvernements, les nations ont la pire de toutes les existences. Toute moralité, toute idée générale et sociale disparaît. L'individualité et la personnalité reviennent au cœur de l'homme, et ces farouches qualités, source de l'héroïsme et du despotisme des temps barbares, engendrent dans les époques civilisées un despotisme d'autant plus dur et plus intolérable, qu'il a des formes plus régulières et plus hypocrites. Ainsi est-il advenu en France: chacun voit le mal et en est atteint; pourquoi cependant s'aggrave-t-il chaque jour? pourquoi les efforts des intelligences élevées et des consciences pures sont-ils impuissants à détourner de nos lèvres la coupe empoisonnée? Ah! c'est que Dieu a voulu que l'humanité, avant d'arriver à lui, passât par toutes les phases et subît toutes les formes.

La passion du gain et le triomphe ignoble du chacun chez soi et du tout pour soi, nous sont arrivés avec le gouvernement de la grosse bourgeoisie, et notre conscience s'est ternie. Dans les beaux temps de la Grèce, l'or et l'argent étaient au nombre des armes défendues, mais nous avons bien mieux retenu ces paroles de la Pythie de Delphes à Philippe, roi de Macédoine:

> Sers-toi d'armes d'argent, et tu dompteras tout:

et la première leçon que nous donnons à nos enfants est l'art de les posséder. Les fonctions publiques, ces magistratures, ces sacerdoces, si je puis ainsi parler, qui, en élevant l'homme au-dessus de ses semblables, et en faisant reluire au grand jour ses talents et ses vertus, le dédommagent déjà de ses soins et de ses travaux, ne sont estimées qu'en raison du lucre qu'elles apportent. Leur tarif est entièrement pesé, et les plus rétri-buées sont celles qui excitent le plus l'ambition et la convoi-tise. À nous voir courir haletants après les dispensateurs de la fortune publique, on dirait une fourmillière de malheureux dont le corps est nu et les entrailles consumées par la faim et la soif; et cependant beaucoup de ces hommes ont une exis-tence belle et assurée. Avec plus d'élévation dans les idées, plus de désintéressement dans le cœur, ils mettraient leur science au service de leur patrie sinon gratuitement, du moins à des conditions moins onéreuses, et seraient un bienfait au lieu d'être un fardeau pour elle. Loin de nous cette théorie que le pouvoir croît en crédit et en considération en raison de la dépense et du luxe étalés par ceux qui en sont revêtus. Cela peut être dans les sociétés où l'homme tire sa valeur d'une autre origine que de lui-même, et où le vulgaire ne sait pas distinguer ce qui est véritablement noble et beau, mais de nos jours et en France surtout cet éclat emprunté ne trompe personne; la puissance publique est bientôt dépouillée de ce masque extérieur : mise à nu, elle comparaît devant le tri-bunal de l'opinion, qui est d'autant plus sévère, que le clin-quant a été plus brillant. Certes, ce n'est pas pour le prêtre et le magistrat que le Pactole roule son sable d'or, et cepen-dant y a-t-il un habit plus respecté que le leur?

Quoi! toujours de l'argent pour récompenser tout mérite, toute supériorité, pour récompenser la vertu même! Si tel est le signe d'une civilisation avancée, il faut rejeter l'admi-rable définition que M. Guizot en donne dans son histoire de la civilisation en Europe ; quand il dit que qu'elle subsiste à deux conditions, qu'elle se révèle à deux symptômes : le progrès de la société et le progrès de l'humanité. Il faut sou-tenir que le luxe avec ses molles jouissances purifie l'âme humaine, que la Rome d'Auguste valait mieux que la Rome de Fabricius et de Cincinnatus, et que des citoyens indivi-duellement corrompus peuvent former une société qui ne le soit point. En vain objectera-t-on le pas immense que nous avons fait dans les sciences pratiques et théoriques, les écoles de philosophie et de littérature tenues par de savants pro-fesseurs dans nos villes studieuses, l'amélioration de nos routes anciennes, le percement de routes nouvelles, l'endiguement de nos fleuves, et par-dessus tout cela, le réseau fantastique des chemins de fer? Ces travaux sont utiles et grandioses, et la pensée qui les conçoit et les dirige est une belle et noble pensée ; véritable alchimiste, elle change en un pain quotidien pour le pauvre les conceptions les plus sublimes et les plus abstraites. Mais suffit-il d'assurer à chacun sa subsistance, et le bien-être matériel est-il le seul but des gouvernants comme la seule existence des gouvernés? ce n'est là qu'une partie du problème résolu, et je ne crains pas de le dire, la partie la plus facile et la moins importante. Le peuple, c'est-à-dire cette portion de l'humanité constamment pressée par ses besoins physiques, comprend cependant que tout n'est pas dans la garantie de ses ressources journalières ; par un bon sens instinctif il lève les yeux sur ceux qui ont des loisirs à donner au développement de leurs facultés intellectuelles ; leur exemple est l'autorité sur laquelle il s'appuie, le livre où il médite, où il s'inspire, et sa vie n'est qu'une imitation grossière mais réelle de leur vie. Une seule fois dans l'histoire la sève morale est partie des rangs inférieurs pour monter aux rangs supérieurs, et c'est le christianisme qui nous fournit cet exemple ; partout et toujours le contraire a eu lieu. La plus noble mission des gouvernements est donc d'élever une nature trop souvent abjecte et dégradée. Selon nous, les primes pécuniaires, accordées aux meilleurs ouvrages sur un sujet historique ou moral donné, sont un non-sens, une erreur, et M. de Monthyon lui-même n'a pas semblé comprendre la vertu, en tarifant les élans du cœur et de la conscience. Les deux missionnaires Macita et Cataldino, qui fondèrent la république chrétienne du Paraguay, et dont il faut conserver les noms parmi ceux des bienfaiteurs des hommes, savaient bien mieux anoblir l'âme. L'indien qui s'était distingué par des traits de courage et de vertu, portait un sarreau couleur de pourpre.

Chaque gouvernement, selon sa forme ou son système, a une aristocratie, c'est-à-dire qu'une partie des citoyens doivent soit à leur naissance ou à leur fortune, soit au choix du souverain, quel qu'il soit, soit à l'élection le privilége de diriger ses destinées, et c'est de cette aristocratie que découlent le bien et le mal dans toutes les classes sociales. Dans les pays dits constitutionnels cette influence puissante appartient essentiellement à ceux qui, appelés à les représenter, engagent par leurs votes le présent et l'avenir des peuples ; aussi le choix de ces hommes doit-il être le noble but de toutes les intelligences, de tous les désirs, de toutes les volontés, et s'y montrer indifférent est un crime de lèse-humanité. Je ne veux point faire ressortir ici tous les abus, tout le vide, l'injustice même de la loi qui dirige ce choix en France; les voix les plus éloquentes et les plus pures se sont élevées, quoique sous des bannières différentes, pour proclamer la nécessité d'une réforme; ce cri retentit dans nos populeuses cités et nos vertes campagnes; il sort de toutes les poitrines, mugissant immense et plane sur l'horizon comme un nuage de feu. Vainement tenterait-on de l'étouffer. Il est dans les entrailles du genre humain un trésor de justice et de bon sens qu'il ne perd jamais, et chaque fait historique arrive au temps que la providence lui a prescrit. Les voiles du sanctuaire politique sont tombés, il faut que les portes du temple s'agrandissent. Place aux nouveaux initiés ! si nos salles sont trop étroites, élargissons-les, si l'espace manque à la foule pressée sur nos places publiques, construisons des forum semblables à ceux du peuple romain, et gardons-nous de prendre pour le signe de la tempête ces mille têtes qui s'agitent comme les flots, ces murmures d'un peuple entier, qui donne un libre essor à sa pensée. Lorsque les Francs assemblés par milliers délibéraient tout armés dans le champ de Mars, ils faisaient retentir leurs framées, et ce bruit de guerre était l'écho précurseur de leurs chants de victoire. Laissons la multitude suivre seule les impulsions d'une conscience qui ne la trompe jamais, quand on ne vient point la séduire. Ce qui fait un peuple altier et mutin, ce sont les harangues des tribuns et l'or des patriciens; la voix du peuple est la voix de Dieu, quand elle est libre et spontanée.

Sans doute, nul de mes concitoyens n'est encore venu, comme au temps de Rome dégénérée, étaler impudemment son argent sur la place pour acheter les suffrages ; mais ces promesses de toute sorte des faveurs ministérielles faites aux lieux et aux personnes, ne sont-elles pas un marché honteux ? et celui qui l'accepte, ne se vend-il pas au plus offrant et dernier enchérisseur ? Les vieux Romains au moins épuisaient leurs trésors en soldant leurs clients ; et lorsque P. Antronius et P. Sylla, ces farouches complices de Catilina, furent exclus de la dignité de consul, parce qu'ils furent convaincus d'avoir corrompu l'assemblée, ils l'avaient fait de leurs propres deniers ; nous sommes, nous, plus experts et plus civilisés ; nous payons nos dettes avec les largesses de l'État, et celui qui a beaucoup promis, s'il veut assurer l'effet de sa parole, à son tour est obligé de tout concéder et de comprimer les élans d'un cœur vraiment libéral et généreux, lien honteux qui rattache par la corruption les premiers et les derniers anneaux de la chaîne sociale. Mais pourquoi des hommes, qui ont accepté la mission de législateurs, s'interposent-ils entre la justice des gouvernants et les besoins des gouvernés? Leur médiation est-elle nécessaire, indispensable? N'y a-t-il pas dans toutes les branches de l'administration, dans tous les ordres, une hiérarchie légale, des chefs qui seuls sont aptes à apprécier les talents et les vertus de leurs inférieurs et leurs droits à des récompenses, à des avancements dignement mérités, et s'il faut absolument que l'octroi de tout ce que les diverses populations réclament d'utile, de meilleur ou de simple agrément, vienne d'un centre unique, n'y a-t-il pas, pour éclairer ce centre, des conseils d'arrondissement et des conseils généraux?

Certes la vénalité, l'intrigue et la cabale ne sont point écrites dans nos institutions, mais elles en ressortent essentiellement, elles en sont le corollaire immédiat, et la tentation est trop forte pour ne pas nous entraîner. Un pareil état ne peut être l'état normal d'une nation; ainsi placée, elle est hors de sa voie régulière, et périrait bientôt, parce que, comme le dit Vico dans ses axiomes, aucune chose ne saurait subsister aisément et avoir une longue durée hors de son état naturel.

Au moment où l'urne électorale est préparée, nous dirons avec Ulpien : *Lex dura, sed scripta.* La loi est dure, mais elle est écrite, elle nous oblige ; et c'est par elle seule que nous devons arriver au redressement de tout ce qu'elle renferme de défectueux, d'incohérent, d'antipathique à nous-mêmes. Hommes de foi dans l'avenir, quel que soit votre drapeau, et qui voulez franchement, sans détour ni arrière-pensée, le bonheur et la gloire de la patrie, réunissons-nous pour examiner les titres de tout candidat qui se présente à nous, et n'accordons qu'aux plus dignes l'immense privilége de manier les destins du grand peuple de France. Selon nous, un député n'est point le représentant d'une partie quelconque du territoire, mais du pays tout entier : en lui ne doit point résider l'esprit étroit, jaloux, égoïste des localités. Rempli du sentiment le plus profond de sa responsabilité, il n'engage que la promesse de s'acquitter fidèlement des devoirs solennels et redoutables qui lui sont imposés. Il ne demande rien pour lui ni pour les autres. La majesté de la patrie efface devant lui l'ombre pâle des intérêts privés, et son regard d'aigle planant au-dessus des évènements, il domine la lutte incessante des passions et de la folie contre la civilisation, voit le mouvement du siècle, entend ses mille rumeurs, et sait que tout système qui ne procure pas l'ordre dans le présent et le progrès vers l'avenir, est vicieux et bientôt abandonné. Il a foi en lui, parce qu'il puise sa force dans la pleine connaissance de ce qu'il fait, de ce qu'il veut, dans l'adoption complette et rationnelle d'une doctrine, d'un principe. Historien profond et consciencieux, il prend pour école politique la morale des peuples, et se sert de la lime et non de la hache, quand il touche aux institutions d'une vieille nation. Il comprend enfin que la puissance qui lui est dévolue est auguste et sacrée, qu'il est pour un moment l'interprète de la justice éternelle et que le triomphe de la vérité est d'autant plus assuré, que la voix qui s'élève pour la patrie a d'abord exhalé sa prière au Seigneur.

Qu'il nous soit pardonné par nos concitoyens de leur avoir adressé ces réflexions. Il ne convient pas de considérer les choses de la terre dans l'immobilité de Jupiter-Olympien. Nous sommes donc de l'avis de M. Guizot, lorsqu'il dit qu'après l'étude de la religion, qui nous enseigne nos relations avec Dieu, et la route pour devenir citoyens du royaume céleste, l'étude la plus importante est celle de la politique qui nous enseigne nos relations avec nos semblables, et à devenir citoyens du royaume terrestre auquel nous appartenons. La fidélité à la patrie est le premier de tous les serments, et si nous avons inscrit sur notre bannière le grand mot de réforme, c'est que ce cri, s'il n'est exaucé, fera bientôt frémir notre sol comme frémit le sol Irlandais à la voix magique d'Oconnell. O France, avec ta raison droite, et surtout ton admirable bon sens porté au plus haut degré, ne cherche pas à retenir l'âme humaine qui, semblable aux métaux en ébullition, jette dans sa course ses souillures et se purifie; prends ta place à la tête de toutes les civilisations, et selon la belle expression du poète, marche librement au ciel à travers le beau jardin de la terre.

DE LA RENOUDIÈRE.